PROSPECTUS

DE

QUELQUES PAMPHLETS,

OU

MES JOUISSANCES

AU COIN DE MON FEU.

PAR J. DE BANCENEL.

SEURRE,

IMPRIMERIE DE TRAMAUX-MALHET.

1838.

PROSPECTUS

DE

QUELQUES PAMPHLETS.

RIEN de ce que j'ai écrit jusqu'ici n'intéresse directement la société; je n'ai pris la plume que pour ma propre défense, pour flétrir et punir les auteurs des atteintes qui ont été portées à la morale et au droit naturel dans ma personne et dans ce que j'ai de plus cher. Mais je cesserai d'entretenir le public de choses qui lui sont étrangères et qui ne pourraient l'intéresser que par des rapprochemens et des analogies extrêmement rares, par des conséquences éloignées que l'on ne redoute point, et qui en effet ne sont pas plus redoutables que tant d'autres événemens dont l'heure et l'accomplissement sont également incertains.

Tout le monde n'est pas menacé d'être privé de ses enfans et dépouillé de sa fortune par des jésuites et par des nobles. Ces sortes de tentatives sont très-communes sans doute dans l'ombre et par l'intrigue;

mais il est inoui, jusqu'à celle dont j'ai failli être victime, que l'on en ait jamais fait de semblables ouvertement et au nom des lois. (1)

Les hommes dont j'ai démasqué l'hypocrisie, dont j'ai puni l'orgueil, sont loin, comme on pourrait le penser, d'être des hommes exceptionnels, des hommes isolés. Ils sont les représentans des classes élevées de leurs pays, et leurs fautes sont l'expression des sentimens, du caractère et des mœurs des corps auxquels ils appartiennent.

Un jésuite se régit par la volonté de ses supérieurs et par les principes de son ordre ; un noble le fait par les prétentions, les habitudes, l'ignorance et les préjugés de sa caste. En un mot, tous les faits publics et avoués des membres d'un corps quelconque sont ceux de leur corps tout entier, quand il ne les désavoue pas.

Qu'un jésuite dépouille des héritiers légitimes, c'est la compagnie qui a spolié, si elle ne punit pas le spoliateur et qu'elle profite de la spoliation. Qu'un noble foule aux pieds tous les sentimens et les lois de la nature et du créateur, en proscrivant dès le berceau sa jeune fille ; qu'il immolera plus tard, dans un cloître, à un fils aîné l'espoir de son orgueil ; que ce fils, exécuteur barbare de l'arrêt paternel, accepte les dons de sa victime ; qu'il la conduise lui-même à l'autel, et précipite sa sœur infortunée, douce et chaste vestale, dans le tombeau de Cornélie : eh bien ! la noblesse tout entière est complice du forfait, si elle ne frappe les coupables de la plus éclatante réprobation. (2)

Le despotisme paternel et conjugal, le despotisme exercé par le fort sur le faible, et celui d'une imperceptible minorité sur les masses, existent dans tout l'univers, parce que l'univers est encore dans l'enfance et la barbarie; et ces divers despotismes opprimeront les familles, les nations et les individus, tant que de mauvaises institutions placeront le pouvoir entre les mains soit d'un seul, soit de quelques catégories; tant que les hommes dirigeront leurs études vers des sciences autres que celle du gouvernement avant d'avoir conduit celle-ci à sa perfection; tant que le mot d'*aristocratie* ne sera pas mort dans toutes les langues, la chose pour tous les peuples, et partout où un seul privilége, même capacitaire, dominera un seul citoyen.

Ces oppresseurs de tous les degrés, ces maîtres d'une terre dont les fruits, s'ils ne peuvent appartenir à tous, devraient être au moins un peu plus également partagés, ces fiers possesseurs de tant de richesses et de pouvoirs odieux ont été mes ennemis; ils se sont élevés contre moi quand j'ai signalé des injustices et flétri des coupables honorés. Mais le dard et les sifflemens de quelques reptiles ne m'épouvanteront point; et pour faire aux hommes quelque bien, je braverai leur ingratitude et surtout leur colère. Ils m'ont appris, pour éviter leurs piéges, à deviner leurs pensées les plus secrètes, à recourir aux motifs les plus cachés de leurs actions et de leurs paroles en apparence les plus indifférentes. Ils peuvent m'opprimer; mais j'ai porté trop de lumière au fond de leur cœur pour qu'ils puissent me tromper jamais.

Oui, je dirai la vérité, je dirai la vérité tout entière; elle pénétrera dans la cabane du pauvre, et le villageois, dans ses oisives et longues soirées d'hiver recevra de moi les leçons du courage et de l'égalité. (5. Je lui donnerai des armes contre ses maîtres; il connaîtra leurs trames hypocrites, leur audace et

leur perversité. Il connaîtra l'avarice de ses publicains
et de ses prêtres; (4) il bravera, par mes leçons, l'orgueil de son ci-devant seigneur, ou de l'insolent et ri-
dicule parvenu qui l'a remplacé. Heureux si je puis
rendre quelque dignité à son âme avilie, à son âme
froissée par d'éternels outrages ! Heureux, trois fois
heureux, si je puis réjouir quelquefois le cœur de
l'infortuné par l'espoir d'un autre avenir sur la terre,
et lui apprendre que celui dont on le menace dans
l'éternité, pour l'asservir sans crainte au nom d'un
Dieu qui ne créa ni pauvres ni riches, au nom de celui
dont le sang ruissela sur une croix pour la liberté, ne
doit épouvanter que les tyrans !

Je ne me propose pas du tout de me renfermer
dans un cercle qui gêne mon esprit et fatigue ma pensée. J'écris parce que j'éprouve à la fois le désir d'être
utile et le besoin de me distraire. C'est un devoir
d'être utile quand on croit pouvoir le faire; mais une
distraction ne doit pas être une tâche à remplir, ou
elle produirait un effet diamétralement opposé à celui
que l'on se propose, elle fixerait dans l'âme le mal ou
l'ennui que l'on veut en bannir. Ainsi aucune règle,
aucune entrave littéraire ne s'opposera au cours de
mes idées. Des anecdotes se trouveront mêlées à des
réflexions morales et politiques ; souvent il m'arrivera
de quitter sans transition un sujet pour un autre. Des
proscriptions de Marius je passerai aux excommunica-
tions de monseigneur l'évêque de Saint-Claude, (5) et
des funérailles d'Alexandre à celles que ce prélat pro-
met aux curés de son diocèse. A propos de Sully, de
Colbert et du marquis de Louvois, nous parlerons de la
stratégie de M. le général Bernard; le cardinal de Ri-
chelieu nous conduira naturellement à sa politique, et
Démosthène à son éloquence. En style libre : des jour-

nées de Jemmapes et de Valmy à celles encore plus glorieuses de Juillet, *surtout par leurs résultats*, quarante ans ne sont qu'un éclair ; et nous franchirons encore plus rapidement bien d'autres distances.

La dernière note se termine par le projet de quelques tableaux de mœurs. Débutons donc par une esquisse courte et légère, et comme on peut le faire dans un prospectus, de celles du pays où nous écrivons.

Les Francs-Comtois, et surtout les habitans de Dole, n'en ont pas changé depuis cinq cents ans. Mesdames leurs femmes changent de mode comme partout ailleurs ; elles troquent plus souvent encore leurs vieux confesseurs contre de plus jeunes ; mais sous tous les autres rapports ce peuple est fixe comme la terre avant Galilée. Les Dolois sont encore tout ce qu'étaient leurs ancêtres dans le docte siècle de Ferdinand et d'Isabelle. Ils ont hérité de la superstition, des préjugés et de toute l'ignorance des temps où l'Espagne était dans la barbarie la plus profonde. Après cinquante ans de leçons, et dont quelques-unes cependant ont été assez sévères, ils pensent, parlent et agissent encore comme s'ils ne se doutaient pas même des états-généraux, des cahiers de doléance et des décrets de l'assemblée nationale : en un mot, de la révolution française. C'est en vain que cette révolution a courbé toutes les têtes sous le niveau de l'égalité ; les Dolois ne connaissent encore d'autres droits que ceux du privilége, d'autres titres que des parchemins, d'autres devoirs que ceux du monachisme ; et la jouissance qu'ils placent au-dessus de toutes les autres, est bien entendu celle de donner des absolutions, (6) d'en recevoir et d'entendre prêcher les révérends pères Gloriot, Desplaces et Macarthy. Il est, je pense, superflu d'expliquer qu'il n'est ici question que des classes élevées, oisives et dominantes de la société , car il existe dans le peuple non-seulement du bon sens, de la raison et de la justesse dans les idées, mais encore des vertus. Il en est une surtout qu'il serait difficile de lui contester ; c'est la résignation , car ce peuple est opprimé. La trop grande inégalité des fortunes, la concurrence ouvrière et commerciale , et la sainte ligue du clergé avec la noblesse et quelques révolutionnaires enrichis, forcent tout ce qui est en dehors de cette alliance à fléchir le genou devant elle, tout aussi profondément que les ouvriers le font à Lyon , à Mulhouse, à Rouen et autres villes manufacturières, devant les industriels qu'ils enrichissent par leurs travaux et leur misère.

C'est une entreprise difficile que celle de peindre certains caractères et de les bien juger. Chardin, Tavernier et M. de Humboldt ont parcouru la terre dans tous les sens , et ils ont vu de très-grandes merveilles; mais certes ils n'en ont pas vu d'aussi rares que des hommes tellement étrangers aux mœurs et à l'esprit de leur siècle, aux premières notions du bien et du mal moral et politique, dans un état si permanent d'opposition avec leurs droits et leurs plus précieux intérêts, et en tout si différens sous tant de rapports des autres habitans de leur pays, que toute l'intelligence et la sagacité humaines ne pourraient, sans des exemples et des faits, les deviner ni les comprendre. Nous nous bornerons donc à essayer de les définir ; mais entreprendre de les expliquer serait une tâche beaucoup trop difficile.

Tout jugement est le résultat d'une comparaison ; et pour savoir en quoi un homme, une ville, une nation, diffère d'un autre homme, d'une autre ville et d'une autre nation, pour prononcer, en un mot, sur les personnes et sur les choses, nos observations ne doivent pas se borner à des unités simples ou collectives ; c'est-à-dire aux seuls objets sur lesquels nous voulons former notre opinion. Il faut en connaître d'autres de la même espèce et de la même nature. Le parisien qui n'a jamais quitté la capitale ne peut porter aucun jugement sur cette cité, n'en ayant pas vu auxquelles il puisse la comparer ; il ne peut pas plus préférer Paris à une autre ville ou une autre ville à Paris, qu'un Esquimaux qui n'a senti que ses glaces ne pourrait choisir entre le climat du Pôle et celui de l'Équateur.

<blockquote>
Peuple indolent et dont l'unique affaire
Est de dormir et veiller sans rien faire,
</blockquote>

a dit M. Dusillet en parlant des Dolois dans ces vers charmans qu'on lit dans son Yseult. Or, si M. Dusillet n'eût jamais quitté Dole, que son esprit observateur ne se fût pas exercé sur d'autres caractères que sur celui des habitans de cette ville, et qu'il n'eût connu que ses compatriotes, il est hors de doute qu'il ne les qualifierait pas de peuple indolent, parce que cette indolence serait nécessairement pour lui l'état originel et immuable de tout le genre humain.

Ces vers sont charmans, sont gracieux ; ils expriment à merveille la pensée de l'auteur ; ils ont même quelque chose d'imitatif qui peint on ne peut pas mieux, qui rappelle parfaitement le réveil des chanoines du Lutrin. On y voit aussi comme si l'on y était, l'on entend comme si on les écoutait, ces habitués de promenades publiques au pas *tardif et lent*, réglant si bien les affaires de Don Miguel avec madame sa nièce, de la reine Isabelle avec M. son oncle, et de la reine Victoria d'Angleterre avec M. Papineau du Canada. Il est surtout plein de vérité de dire que l'unique occupation d'un peuple indolent est de dormir et veiller sans rien faire. Mais cette vérité n'est pas toujours applicable aux Dolois, puisque ce n'est pas ne rien faire, ni surtout faire des riens, que d'inventer des calomnies atroces, que d'outrager par des satires anonymes, par d'infâmes libelles, la vieillesse, les emplois, les dignités; que d'outrager des magistrats comblés d'honneurs, et à l'intégrité desquels un demi-siècle rend hommage. Certes, ces libelles ne sont point un crime isolé; c'est celui de nombreuses coteries qui peu d'années auparavant appelaient au conseil municipal par leurs suffrages, et de tous leurs vœux à la mairie, Monsieur Bouvier, baron de l'empire, officier de la Légion d'honneur, ancien président du département du Jura, législateur et vice-président du corps législatif sous Napoléon, ancien procureur général et aujourd'hui président honoraire à la cour royale de Besançon et à celle de Montpellier. Or, qu'avait fait M. Bouvier depuis sa nomination à la mairie pour causer toute cette irritation? Il avait doté la ville de fontaines magnifiques, dont il avait publié le projet il y a quarante ans. Mais chacun de ses administrés, se prétendant l'inventeur et l'architecte de ces fontaines, lui en a disputé l'honneur; et c'est à l'aspect de *leurs eaux* que le houra s'est fait entendre, que s'est déterminé *l'accès*. Que l'on vienne après cela demander quel mal tourmente ce *peuple indolent et dont l'unique affaire est dé dormir et veiller sans rien faire*, qui entre en fureur à l'aspect d'une fontaine ou au murmure d'un ruisseau?

Monsieur Dusillet, prédécesseur de M. Bouvier, a été maire pendant vingt ans. Il a établi dans l'administration l'ordre le plus parfait, ainsi que dans l'emploi des revenus de la ville. Il a fondé des écoles gratuites de mathématiques, de dessin linéaire, de droit com-

mercial, en un mot de toutes les sciences et de tous
les arts qui peuvent contribuer au bien-être et à l'a-
grément de ceux qui les cultivent, et aux progrès de
la civilisation ; il a enrichi la bibliothèque des ouvrages les plus précieux ; il a embelli, assaini les promenades publiques, par des abattis et des plantations qui
en assurent l'agrément et la salubrité. M. Dusillet a
fait plus : il a consacré sa propre fortune à la fortune
et aux intérêts de ses administrés. Il a fait à Paris, et
toujours à ses frais, les voyages les plus longs et les
plus dispendieux, pour les affaires de la ville. Cette
ville reconnaissante place son buste à la tête de ceux
des hommes qui l'ont le plus illustrée ; elle efface le
nom d'une de ses rues pour la décorer de celui de son
maire : puis la semaine suivante, on lui administre
le charivari le plus solennel, le plus harmonieux et
le plus sonore qui ait jamais retenti dans les échos
du mont Jura. Les Dolois étaient divisés en cinq ou
six camps ennemis sur l'importante question de savoir
dans quelle église prêcherait un jésuite appellé le père
Fouillot ou *Fouillaupot*. (7) Or, comme il est tout
aussi difficile, même à un jésuite, de prêcher que de
fouiller partout à la fois, il l'était également à M. Dusillet de contenter tout le monde, et par sa décision
il fit des *ingrats* et encore plus de mécontens. C'est
déjà, à ce que disait Louis XIV, ce qui lui arrivait
quand il donnait des places. Le lendemain M. Dusillet
fit afficher une proclamation par laquelle il annon-
çait aux habitans qu'il donnait sa démission. Il
leur disait en termes on ne peut pas plus clairs
qu'ils l'ennuyaient, qu'ils le fatiguaient. « DOLOIS,
JE SUIS LAS. » (8) Il paraît donc que les causes de sa
fatigue et de son ennui dataient de loin. Mais monsieur
Dusillet s'est reposé ; et au moment où j'écris il est

encore à Paris, et en qualité de commissaire du conseil municipal, pour transiger avec le gouvernement sur un procès relatif à l'affouage, dont la perte coûterait à la ville de Dole quarante mille livres de rente ; et ce voyage, comme les précédens, toujours avec sa bourse. On verra à son retour comment seront salués même ses succès, s'il en obtient.

Seize lustres bien complets et des précédens tels que ceux de monsieur Bouvier, sont une égide impénétrable aux traits horribles qui ont été dirigés contre lui. Ces traits n'ont fait que rejaillir sur ceux qui les avaient lancés, et l'observateur impartial se demande comment, depuis sa dernière nomination au conseil municipal, c'est-à-dire depuis quatre ou cinq ans, les Dolois ont acquis de si grandes lumières sur un caractère et des actes qu'ils ne peuvent pas prétendre avoir connus, avant cette époque, sans s'avouer électeurs indignes, sans s'accuser du plus coupable de tous les choix ? On se demande comment il se pourrait que les habitans de cette ville, de tout le département du Jura, et tous les gouvernemens qui se sont succédé en France depuis cinquante ans, aient ignoré les faits si étonnans, si graves dans l'ordre administratif et judiciaire, et, qui pis est, dans l'ordre civil, dont il est accusé par ces écrits ténébreux. On se demande surtout pourquoi le ministère public a été assez indulgent pour ne pas livrer aux tribunaux les distributeurs de ces infâmes productions ? Monsieur Bouvier en a souri comme il le devait ; il eût été contraire à sa dignité de faire en pareil cas autre chose que du mépris. Mais messieurs du parquet avaient envers la société d'autres devoirs à remplir : ils avaient à venger l'honneur outragé d'un homme de bien, d'un citoyen vertueux, d'un magistrat qui fut toujours leur supérieur par ses emplois, comme il l'est encore aujourd'hui par son rang.

Quant à M. Dusillet, il a le bonheur de posséder un de ces caractères avec lesquels on n'a jamais de sérieux ennemis, même à Dole. De sa part quelques épigrammes en prose ou en vers, écrites ouparlées, et toujours bien acérées et bien spirituelles; puis le charivari pour la clôture, comme on le lui donna quand il faisait prêcher le père Fouillaupot dans cette petite chapelle de l'hôpital où il y a place pour six personnes : voilà l'alpha et l'oméga, le commencement et la fin, l'apogée et le périgée de toutes les ingratitudes, de toutes les colères et de toutes les querelles possibles entre M. Dusillet et ses concitoyens, et même avec qui que ce soit. Avec beaucoup d'esprit et d'instruction, de la gaîté, et cette résignation, cette philosophie très-éprouvée et surtout si nécessaire au sein d'un peuple dont l'unique *affaire* est, comme nous l'avons dit, assez loin de dormir et veiller toujours sans rien *faire*, M. Dusillet peut jouir du repos le plus parfait, ainsi que tout ce qui l'entoure. Et certes, si depuis le jour où Auguste ferma de ses mains victorieuses le temple de Janus et donna la paix à l'univers, si tous les mortels eussent ressemblé à M. Dusillet, cette paix n'eût jamais été troublée, la porte du temple n'eût point été rouverte, et Janus serait encore sous clef.

Il y a même à cela une excellente raison: c'est que M. Dusillet n'est point belliqueux. Il n'a jamais été ni soldat ni marin ; il ne traverserait pas le Doubs sur un vaisseau de soixante et quatorze, et ce serait encore bien pis s'il apercevait à l'autre bord seulement une chasse aux alouettes. Après avoir fait une espèce de coupe blanche au Parnasse, un abattis de tous les lauriers, il veut qu'il en reste quelque part et que tout le monde puisse en avoir. M. Dusillet, à la cour de Louis XIV, eût chanté en tout aussi beaux vers que Boileau, le siége de Dole et le passage du Rhin ; mais certes il se fût bien gardé de prendre part aux opérations, et cela toujours pour ne pas désespérer les guerriers. Voici les vers qu'un poë-te satirique, et toujours disposé à prendre les choses du mauvais côté, a faits à cet égard.

> Savez-vous pourquoi l'on pendit
> Son aïeul d'illustre mémoire ?
> C'est que la brèche il défendit
> Quoique bourgeois, mais avec gloire.
> « Je veux bien être confondu,
> Me dit un homme au maintien grave,
> Si le petit-fils est pendu
> Pour avoir jamais été brave. »

Un des ancêtres de M. Dusillet commandait un châ-teau fort, près de Dole, pendant la guerre de Louis XIII contre l'Espagne en 1638. Ce château était as-siégé par les français commandés par le duc de Lon-gueville. Le siége fut long, sanglant, et la défense des plus héroïques. Le duc de Longueville, après avoir épuisé tous les moyens de forcer le gouverneur Karl Dusillet à rendre la place et à capituler, après avoir fait toutes les sommations d'usage, fit donner l'assaut. Le château fut pris, et, selon les lois de la guerre, le gouverneur pendu sur la brèche, ainsi que quelques sergens et caporaux de la garnison. La Franche-Comté étant rentrée sous la domination espagnole, les hé-ritiers du gouverneur, qui n'avait pas laissé d'en-fans, furent ennoblis par leur souverain en mémoire de la mort glorieuse de leur auteur. C'est de là que date la noblesse de la famille Dusillet.

Il paraît donc décidé, d'après les vers qu'on vient de lire, que M. Léonard Dusillet ne sera pas pendu sur la brèche. Cependant si les destins avaient prononcé qu'il le sera quelque part, on peut supposer que tôt ou tard Apollon finira par l'étrangler sur l'Hélicon dans un accès de jalousie; puis pour comble de malheur et pour compléter la ressemblance, il jettera peut-être son corps dans la fontaine de Castalie, comme le duc de Longueville fit de celui de son aïeul dans le puits du château de Rahon. Mais quoi qu'il en soit de M. Léonard Dusillet, et même de l'avenir de ses dépouilles mortelles, il est certain qu'avec une illustration semblable, bien constatée et bien soutenue *de progenie in progenies* et de pendus en pendus, ses descendans finiraient par faire des preuves on ne peut pas plus belles et même passablement rares. Ils posséderaient surtout une assez plaisante collection de tableaux de famille.

L'ode de M. Dusillet intitulée *le Poëte*, son *Elmire*, la *Prise de Rome par les gaulois*, et beaucoup d'autres ouvrages tant en vers qu'en prose, lui ont acquis une très-grande célébrité littéraire. Il a obtenu le premier prix de poésie (une amarante d'or) à l'académie des jeux floraux de Toulouse; l'académie de Niort lui a décerné une médaille d'or pour son poëme *Brennus ou la prise de Rome par les gaulois*. Mais malheureusement, avec cette médaille il a reçu des lettres d'académicien auxquelles il ne pouvait pas s'attendre, ces lettres n'ayant pas été promises dans le programme qui avait été publié; et nous avons le malheur d'être forcés de convenir que cet honneur inespéré a produit sur son cerveau une telle impression, que tous les efforts de ses amis sont impuissans pour le distraire de la funeste idée qu'il ne peut plus trouver de rivaux dignes de lui que dans l'Olympe. Depuis ce moment-là les habitans de Dole ont la douleur de voir leur ex-maire, de voir M. Léonard Dusillet, le restaurateur de leurs finances, le protecteur des arts et des sciences dans leur ville, et le seul homme d'esprit en titre et patenté auquel elle ait jamais donné naissance depuis près d'un siècle, dans une position voisine de celle de l'infortuné Marsyas quand il se fit écorcher. Puis, comme avec le temps tout se mêle, se confond et s'oublie, il arrivera que dans cinq ou six mille ans, quand tout ce qui est aujourd'hui très-clair sera devenu très-obscur, quand les temps historiques seront devenus fabuleux, personne ne saura plus lequel de messieurs Marsyas ou Dusillet faisait des vers ou jouait de la flûte, lequel fut pendu ou lequel fut écorché, lequel était le poëte ou lequel était le satyre. On assure même que dès aujourd'hui les dames qui se connaissent le mieux en *mythologie* seraient fort embarrassées de savoir auquel de ces messieurs elles devraient donner la préférence.

Nous reviendrons plus tard aux Dôlois et aux habitans de l'ancienne province de Franche-Comté. Le même sujet trop longtemps soutenu, surtout quand il ne présente que des particularités, fatigue l'esprit, et je veux écrire librement, de la manière dont on fait un voyage en Suisse ou à Londres quand on n'a pour but que le plaisir. J'écrirai, je le répète, avec la liberté la plus parfaite. Rien n'est beau comme la liberté ; il la faut en tout et partout, et surtout dans son cabinet, la plume à la main. Je dirai donc les choses de la manière dont elles se présenteront à ma pensée. On s'en apercevra facilement à ma manière d'écrire souvent faible et quelquefois fautive. Avec du travail je pourrais peut-être écrire mieux. C'est le contraire chez les autres ; ils affectent péniblement de bien écrire: mais au nom de la loi des compensations, je dirai peut-être aussi beaucoup de choses que tout le monde ne dirait pas ; la nature m'a refusé surtout le goût de l'imitation, et pour moi le seul point important est d'être fidèle à la vérité.

J'écris principalement pour ceux qui n'ont que peu le temps de lire, et pour ceux qui en ont si rarement la volonté quand on leur tient un autre langage que celui de leurs intérêts. Ce sont ces âmes populaires depuis si longtemps immobiles que je voudrais ébranler, dans lesquelles je voudrais faire retentir ces mots d'union, de constance et de liberté. Ce sont ces âmes boutiquières, fiscales, bureaucratiques et créancières, toujours si dures, que je voudrais attendrir. Ce sont ces nobles dont je voudrais voir fléchir l'orgueil, que je voudrais éclairer sur leurs intérêts et sur ceux de leur postérité, auxquels je voudrais apprendre et prouver que nous sommes dans un état de transition sociale qui nous conduit, à pas de géans, à des institutions dont l'effet sera d'anéantir les fortunes les plus brillantes et en apparence les mieux assurées. (9) Ce sont ces prêtres que je voudrais convertir à la vérité, à la raison, à l'amour de la patrie, que je voudrais corriger de leur avarice et guérir de leur antipathie pour la société, en leur donnant des femmes qui en fissent des citoyens, et surtout des citoyens moins redoutables pour les pères et les maris. Or, comme de toutes les conversions que je me propose celle de messieurs les nobles et de messieurs les prêtres est la plus difficile, on conçoit que pour ne pas les exposer aux dangers de l'impénitence finale, nous ne pouvons les abandonner qu'avec la plume.

J'ai l'espoir que je n'écrirai pas tout-à-fait en vain, que je serai lu au moins par quelques personnes, et quelquefois même peut-être avec intérêt. Nous aimons à trouver en lisant des objets de comparaison, des similitudes avec ce que nous avons senti, ce que nous avons éprouvé. Nous aimons cette sympathie de sentiment, cette conformité de pensée qui nous élèvent à nos yeux, en nous donnant une plus haute idée de notre intelligence. Nous sommes flattés de reconnaître que nous n'avons pas seuls pensé de même, et de pouvoir nous dire : je le savais, je l'avais deviné, c'est ainsi que je l'avais prévu. Je dirai des choses bien nouvelles pour beaucoup de gens qui croiront en avoir fait eux-mêmes vingt fois l'observation. Leur mémoire leur rappellera des faits, des circonstances, des jours de bonheur et des rêvers auxquels mes réflexions seront tellement applicables qu'il leur sera difficile de ne pas se les approprier, de ne pas s'en regarder pour ainsi dire comme les auteurs, et ils seront plus disposés à en profiter.

Mais, je le répète, l'idée d'un titre à justifier, d'un cadre à remplir, d'un sujet dont je ne pourrais sortir qu'épisodiquement, me glacerait au point qu'il me deviendrait impossible de produire quatre lignes. Il est certaines imaginations que la plus légère contrainte paralyse, et qui fuient devant un effort tout aussi vite que le feraient les muses à l'aspect d'un escadron de poëtes romantiques en bataille au milieu du sacré vallon. C'est une littérature nouvelle, un genre d'écrire qui pourra très-bien ne pas être du goût de tout le monde ; mais du moins il n'exposera pas plus que tout autre son inventeur à perdre en liberté personnelle ce qu'il gagne en indépendance littéraire. Au surplus, c'est, aux yeux de la sagesse, une considération de peu d'importance. De quelque manière que l'on écrive, on peut allumer la bile, souvent beaucoup trop inflammable, et blesser la susceptibilité des agens du pouvoir, ou causer de l'irritation à certaines gens qui, ne voyant jamais qu'un tableau dans une satire, en prennent tous les coups de plume pour des coups de pinceau, et condamneraient volontiers le pinceau, la plume, et surtout celui qui s'en sert, au supplice qu'une vieille coquette est souvent tentée d'infliger à son miroir.

Mais que me feront-ils ? Ils ne me briseront pas : je le suis. Ils m'ont atteint, ils m'ont frappé à mort; ils ont armé contre moi jusqu'à mes propres enfans, ils les ont foulés aux pieds pour ma destruction ; je ne suis plus qu'une ombre; (10) et si quelquefois les ombres sont menaçantes, elles sont toujours invulnérables. Ils me calomnieront ! Eh, bon Dieu ! quel est celui de leurs concitoyens auquel MM. les prêtres dans leurs confessionnaux, et MM. les nobles au coin de leur feu, dans les embrasures de leurs fenêtres, au dessert, aient laissé quelque chose à désirer sous ce rapport ? En ce qui me concerne, ils peuvent se mettre parfaitement à leur aise et s'évertuer impunément : la calomnie est une arme qui ne se trouve pas dans mon arsenal, et d'ailleurs, je l'ai déja dit, *je n'aime pas la difficulté.*

Volney a dit dans ses *Ruines*, entr'autres vérités, que la confession était une scélératesse; et M. de Volney n'a rien dit en cela de nouveau pour ceux contre qui le prêtre a dirigé cette arme lâche et terrible, et dont il faut avoir été frappé pour la connaître : il n'est pas de bouclier qu'on puisse lui opposer. Tout vous atteint et vous blesse; vos enfans, leur mère, vos voisins, vos proches, deviennent les instrumens de votre

supplice. La première leçon du confesseur à ses pé‑
nitens est de leur apprendre que le secret de la con‑
fession doit être réciproquement inviolable, et cela
sous des peines éternelles. Si c'est dans une ville où
il y a toujours plusieurs prêtres, il débute par défen‑
dre à ceux qu'il veut séduire, ou dont il veut faire les
instrumens de ses passions, de jamais le nommer, de
manière qu'il peut tout faire, tout dire, tout entre‑
prendre, sans craindre d'être jamais compromis ni
même soupçonné. Il calomnie le père dans l'esprit de
ses enfans, le mari dans celui de sa femme; il exalte
les domestiques contre leurs maîtres, soit au nom de
l'église et pour les abstinences qu'elle impose, soit
à raison de la différence des sexes. Qu'un vieillard
ait de la fortune: s'il est célibataire, sa servante sera
séduite pour lui dicter des dispositions en faveur
du clergé ou de quelque couvent; et si elle est in‑
corruptible, elle sera chassée, arrachée de la maison
de son maître, au nom de Dieu, de l'enfer et des
mœurs, pour être remplacée par une autre plus docile.
Les alimens de la moitié des jours de l'année sont
des causes de scandale pour la moitié des familles.
L'imposteur sacré est initié à tous les secrets de
celles qu'il veut rendre le théâtre de ses exploits; il
pénètre partout, il sonde tous les cœurs; tous les
moyens de corruption sont en ses mains. Dans ses
dialogues impurs, il soulève le voile qui couvre le sein
des vierges; il déchire jusqu'au rideau du lit nuptial,
et les nègres du royaume de Juida, qui aspirent à
l'honneur de s'allier avec le grand serpent et con‑
duisent leurs filles dans son temple, où le dieu vient
les épouser sous les *espèces* ou *apparences* d'un de ses
ministres, les nègres du royaume de Juida seront
moins stupides et leurs prêtres moins fourbes aux

yeux de la postérité, que nos pénitens et nos confesseurs d'aujourd'hui. (11)

C'est dans les campagnes, c'est sur l'ignorance que s'exerce avec le plus d'empire et de succès l'influence sacerdotale, et en Franche-Comté cette influence est la même que dans la Calabre et la Vieille Castille. Malheur donc au villageois imprudent qui ose douter de l'infaillibilité de son curé; il ne sera pas excommunié en chaire et officiellement, de la manière dont monseigneur l'évêque de Saint-Claude excommunie les curés de son diocèse, mais il n'en sera pas moins un membre *pourri et retranché de la communion* des citoyens, une espèce de lépreux. On lui fera des procès, il ne participera en rien à l'administration des affaires de sa commune, il sera déchu de fait de ses droits politiques, il sera incessamment outragé par tout ce qui lui doit de la confiance et du respect: sa femme cessera de reconnaître un mari dans un futur habitant de l'enfer; elle préférera se vouer elle-même à un veuvage anticipé.

Il sera exclu de toutes les fêtes et réunions publiques; en un mot, on lui interdira le feu et l'eau, et c'est au confessionnal que seront forgées toutes ces foudres.

Les habitans de la Vendée et ceux des départemens méridionaux sont aussi crédules et aussi superstitieux que ceux des départemens du Doubs, du Jura et de la Haute-Saône; mais ils sont doués d'une vigueur et d'une énergie dont, malgré leur origine espagnole, les franc-comtois n'ont jamais été susceptibles. Ceux-ci ne peuvent résister à aucune volonté, à aucune opposition; tout gouvernement leur convient, surtout quand les prêtres donnent la loi; tous les maîtres ont droit à leur obéissance et à leur dévoument. Comme les orientaux, ils les adorent tant qu'ils commandent; ils ne les regrettent point après leur chute ; ils sont incapables d'aucun sacrifice volontaire pour leur pays, et prêts à se soumettre sans murmure à tous ceux que le pouvoir voudrait leur imposer. En un mot, un despote de l'Asie, détrôné par ses sujets, ne pourrait pas choisir un royaume qui lui convînt mieux : il ne croirait pas en avoir changé. On voit cependant à ce caractère quelques exceptions, au nombre et au premier rang desquelles doit être placée la petite ville d'Arbois, toujours prête à secouer le joug qui s'appesantit un peu trop ou devient humiliant, et qui prouve de temps en temps qu'elle comprend le mot de liberté.

Dans les salons du faubourg Saint-Germain, et en province dans leurs succursales, les gens *comme il faut* ont d'autres moyens d'immoler leurs victimes. Les prêtres sont puissans par la parole au confessionnal, en chaire et dans le sein des familles où leur ministère les appelle, et même dans celles où il ne les appelle pas du tout; mais les nobles sont tout aussi puissans par leur silence. Vient-on, dans un groupe de quatre personnes, à parler en bien, ou même d'une manière indifférente, de l'absent qu'ils veulent perdre ? chacun se tait, se détourne ; la conversation change, ou le groupe se divise. Cela signifie: c'est un homme dont on ne parle point; son nom est une injure, et on ne tient de propos sur le compte de personne en bonne compagnie: taisez-vous, parce que nous ne pouvons en dire que du mal. C'est toujours manquer de dignité que de s'exposer à des représailles, et qui pis est à des explications. Il est plus prudent et d'un meilleur ton d'assassiner son ennemi dans l'ombre ; le succès est plus certain, et surtout on ne craint pas d'être compromis. On s'exprime dans *le monde* tout au plus avec quelques initiés, avec quelque confidens, encore faut-il qu'ils ne soient pas nombreux; et cela se fait toujours à voix basse, mais l'effet n'en est pas moins produit. Ce qui a été dit de cette manière se répète en famille, en sortant des assemblées. Les illustrations de l'armée des princes, les anciennes chanoinesses, les douairières, commencent à compter les fiches qu'elles ont gagnées ou perdues. C'est par là que l'on débute; et ces gains ou ces pertes, qui ont coûté aux partenaires trois ou quatre mortelles heures de calcul, de combinaison, d'humeur et de gronderie, excèdent rarement vingt-quatre sous, desquels vingt-quatre sous lesdits partenaires parlent encore vingt-quatre heures après, à moins que d'autres événemens de la même importance ne viennent les leur faire oublier. (12) La politique succède; on cite les adolescentes gentillesses du duc de Bordeaux, on parle des petits voyages, on vante l'héroïsme de madame sa mère, puis la piété de madame sa tante; et après avoir traité le rhumatisme de M. son oncle, on finit par les projets de don Miguel et les victoires de don Carlos.

Enfin, quand tout est dit sur la politique, on tombe sur le corps des gens qui pensent mal, qui ne fréquentent pas les églises, qui n'approchent jamais des sacremens, et qui font mal leurs affaires. Mais les enfans, les servantes, les valets ont des oreilles, et les domestiques, irréconciliables ennemis de leurs maîtres, ont des langues dont ils ont tout aussi bien qu'eux le droit de se servir: et ce sont autant d'échos. Bientôt la clameur devient générale, et l'infortuné qui a eu le malheur de ne pas connaître cette caste et de se mettre en opposition avec elle, est en

pièces avant de se douter qu'il a été question de lui.
Sénèque a dit qu'un spectacle digne des dieux était
celui d'un homme de bien aux prises avec l'adversité.
Mais moi je soutiens que si les dieux se connaissent en
comédie, le spectacle d'un homme qui a de la droi-
ture et le sens commun, aux prises avec la noblesse
et le clergé, doit leur paraître encore bien plus di-
vertissant.

Linguet a prétendu aussi que la lutte d'un indi-
vidu contre des corps était celle de toutes qui exigeait
le plus de patience, de persévérance et de vertu ; et
Linguet a eu raison. Mais on peut aussi soutenir que
la victoire doit rester à celui qui est seul contre
tous quand il est énergique. C'est l'unité toujours
compacte qui en définitive survit au nombre essen-
tiellement divisible, et l'unité la plus forte doit nécessairement, comme dans le combat des Horaces, vain-
cre les autres prises séparément.

En définitive, quel sort me sera réservé s'il m'arrive de dire beaucoup de choses que certaines gens
n'aiment point à entendre ? de prétendre, par exemple, que c'est le roi qui gouverne, et nullement ses
ministres ? Eh ! mais, je n'en dirai pas un mot, et
cela par la raison que je ne le pense pas, et que je
pense au contraire que si le roi gouvernait nous
serions beaucoup mieux gouvernés. Il ne m'arrivera
pas non plus de demander à quoi servent des rois qui
ne gouvernent pas. Au surplus, on pourrait le faire,
et même dire impunément des choses bien plus graves ; on irait jusqu'à élever des doutes sur la beauté,
l'esprit, les grâces de madame la duchesse d'Orléans,
sans avoir à redouter pour cela le sort du baron de
Latude, et même sans lui causer d'irritation ; car on
la dit bonne et modeste, qualités d'un bien rare mé-

rite, comme on sait, chez les princes et princesses, quand on fait toutes leurs volontés et que rien ne manque à leurs noces. •

Il serait encore possible de demander à M. Thiers combien il possédait en capital le 28 juillet 1830, et quelle est sa fortune aujourd'hui, parce qu'il est mathématiquement démontré que cette fortune n'est pas même le juste prix d'un seul de ses discours de tribune, et que par conséquent personne ne suposerait d'arrière-pensée dans une semblable question.

D'ailleurs, quel inconvénient peut-il y avoir à aller se défendre en cour d'assises de l'accusation d'avoir trop écrit ou trop parlé? Pour le philosophe, ce n'est qu'un voyage de plus au chef-lieu de son département, et il ne voit dans une condamnation pour de semblables causes, qu'un léger contre-temps, une affaire imprévue qui le force à un changement de domicile de quelques mois.

Les condamnations pénales en matière politique, en affaires de presse, et pour des opinions, des systèmes dont l'adoption conduirait au changement des institutions politiques d'un peuple, et même à celui de ses mœurs et de tous ses principes sociaux, sont toujours des abus du pouvoir, des actes de vengeance ou des mesures de sûreté de la part de ceux qui le possèdent et qui craignent de le perdre. Les contemporains confirment rarement ces sortes de sentences; presque toujours la postérité les réforme, et même, sans attendre son arrêt, elles le sont à la première réaction qui s'opère. Il doit être aussi libre à chacun de publier ses réflexions et d'exposer ses théories, quand elles tendent à modifier et même à changer les gouvernemens et l'ordre établi, que si elles n'avaient pour objet que la conservation et le maintien de cet ordre, et de ces gouvernemens. Cette liberté doit exister, quels que soient les moyens que l'on propose pour parvenir à son but.

Si ces moyens sont criminels, la conscience publique, la morale, la société tout entière en un mot, feront justice de l'auteur et de ses écrits, et ils ne seront point dangereux. Si au contraire les mesures proposées sont innocentes, populaires, philanthropiques, et leurs résultats prévus favorables aux masses, pourquoi ne pas les proclamer ?

Chacun est bien libre de conserver sa manière de voir et de juger les choses, ou de l'abandonner pour une autre. On ne peut faire un crime à personne de préférer la république à la monarchie ou le pouvoir absolu à celui tempéré par les lois ; de préférer les pouvoirs temporaires de magistrats annuels à l'hérédité des trônes ; de préférer la division de ces pouvoirs à leur unité toujours tyrannique. Chacun est libre aussi de choisir son culte, de préférer des indulgences aux doctrines de Luther ou les doctrines de Luther à des indulgences ; de voir dans le célibat de nos prêtres le point le plus immoral de la discipline ecclésiastique, et d'écouter avec plus de confiance et de conviction les sermons d'un ministre protestant, père, époux et citoyen, que ceux d'un prêtre catholique, qui ne peut être ni l'un ni l'autre sans devenir parjure.

En un mot, au nom de la liberté de la parole et de la pensée, chacun doit avoir le droit de préférer Anitus à Socrate, Babeuf au directoire, M. de Malesherbes à Philippe-Égalité, ainsi que d'admettre ou de rejeter les systèmes de M. l'abbé Pélier de la Croix sur le genre de mort du prince de Condé. (13)

NOTES.

(1) Je me propose de faire réimprimer mes brochures précédentes, et de les réunir sous le titre de *Chapelet second*, ou *le notaire apostolique*. Elles ne contiennent que des choses d'un intérêt purement local; mais les caractères qui y figurent sont les uns trop pervers, les autres trop plaisans, et tous trop originaux pour ne pas être célébrés.

Le *Notaire Chapelet* de Boccace est un personnage fabuleux et il a cinq cents ans ; pourquoi le mien, qui est un personnage historique, se porterait-il plus mal? La différence de mon talent avec celui de Boccace pourrait en être la raison. Mais je me bornerai à citer les faits et les personnes, et une meilleure plume que la mienne se chargera du soin de leur départ pour la postérité. Puis, comme en définitive c'est dramatiquement et même en vers du premier mérite que tout cela sera traité, c'est par les coulisses et sur les ailes de Pégase qu'on les verra partir.

(2) La noblesse a cessé d'être un corps dans l'état ; elle n'existe plus que dans l'histoire et dans les mains de quelques oisifs, comme un hochet dont ils tirent vanité faute de pouvoir la fonder sur autre chose. Les possesseurs de ce hochet n'ont conservé, depuis la révolution, qu'un seul privilége, qui prouve, comme tant d'autres exemples, qu'ils sont loin d'être prophètes dans leur pays. Ce privilége consiste à agir impunément à l'abri de mauvaises lois, et dans toutes les occasions, de la même manière dont ils le feraient si tout ce qui a été aboli il y a cinquante ans devait être restauré demain.

Cependant tout est loin d'être, en fait de noblesse, perdu pour la patrie. Les parchemins sont remplacés par les rôles du percepteur, par des inscriptions 3 ou 5 pr °/₀ et par le billet de banque à papier de soie; l'orgueil féodal commence à fléchir devant la morgue industrielle et financière, et le langage aristocratique et poli des anciens salons est prêt à faire place à l'argot de la boutique et du comptoir; tant est vrai le proverbe qui nous dit: quand on croit tout perdu, tout est retrouvé.

(3) Ils auront mes réflexions pour un sou: et d'ici j'entends déjà certaines gens prétendre que c'est trop cher; cependant un avertissement de percepteur coûte le double, et personne ne pense à s'en plaindre.

(4) Les publicains étaient, à Rome, les receveurs des deniers publics, et ils étaient principalement en horreur aux juifs, qui les regardaient comme des espèces de parias; aussi ce mot de publicain est-il toujours pris en mauvaise part. En France, les propriétaires de vignes et les marchands de vin qui ne spéculent pas sur l'impôt qui atteint leur commerce, en se livrant à celui de la contrebande, décorent quelquefois de cette épithète les commis préposés à la perception des contributions indirectes. La raison en est que cet impôt est de tous le plus gênant, le plus inquisitorial, et par conséquent le plus odieux. Il l'est surtout parce qu'il est profondément immoral et qu'il viole le principe de l'égalité.

Il est immoral en ce que ceux qui y sont soumis regardent comme très-consciencieusement acquis tout ce qu'ils peuvent soustraire à cette administration, et ils le font par tous les moyens possibles. Toutes les contraventions, tous les genres de fraude, toutes les ruses imaginables leur paraissent innocentes. Nous ne déciderons point ici s'ils ont tort ou raison; mais il paraît cependant que lorsque les peuples se familiarisent avec la violation d'une loi, bientôt ils s'habituent à les mépriser toutes; et le mépris de la loi rend les hommes faux, astucieux et pervers. Il faut obtenir par tous les moyens licites l'abolition d'une loi mauvaise, mais jusqu'à cette abolition, on doit s'y soumettre avec respect. Il est vrai que jusqu'ici il a été impossible de se soustraire à cet impôt sur les boissons; les remontrances, les émeutes, tout a été mis en usage: mais il y aurait, avec un peu plus d'ensemble et d'unité des procédés plus efficaces que ceux coupables, trop faibles ou mal calculés qui ont été employés jusqu'ici. Si, par exemple, dans une grande ville, chef-lieu d'un département vignoble, tout ce qui se livre au commerce du vin l'abandonnait spontanément, et qu'un matin toutes les enseignes de ces marchands fussent invisibles et leurs caves fermées ; si les plus riches faisaient des avances et venaient au secours de ceux qui ne peuvent se passer de leurs bénéfices quotidiens ; si dans toute l'étendue du département les propriétaires de vignes qui sont à même de le faire les laissaient incultes seulement pendant un an, en faisant subsister leurs colons, et que ceux qui cultivent leurs propres fonds voulussent aussi concourir au grand œuvre par la perte d'une seule récolte, il est certain que l'exemple deviendrait contagieux, que les départemens voisins l'imiteraient, et que bientôt la plus menaçante pour le trésor de toutes les crises commerciales, et vingt mille commis inutiles à payer, éclaireraient le gouvernement sur les volontés *du peuple souverain*.

Ce procédé serait on ne peut pas plus légal. Là loi défend et les magistrats punissent les coalitions d'ouvriers ; mais les lois et ceux qui les appliquent et qui les exploitent n'ont pas dit un mot des marchands qui ôtent leurs enseignes et ferment leurs boutiques. Il n'est pas non plus question dans nos codes des propriétaires qui ne cultivent pas leurs biens, ni même de ceux qui prêtent ou donnent de l'argent à leurs fermiers. Ainsi donc, rien de plus innocent que le moyen proposé. Mais ce moyen ne sera pas employé, et en voici la raison :

Le lendemain de la chute de toutes ces enseignes et de la fermeture de toutes ces caves, d'autres caves seraient ouvertes et d'autres enseignes replacées. Le nombre en serait moins grand les premiers jours sans doute, mais avant peu tout rentrerait dans l'ordre accoutumé, au profit de nouveaux spéculateurs. C'est ainsi que le défaut d'ensemble, que le sacrifice des plus précieux intérêts à venir au plus faible intérêt présent, et la constante opposition de tous les intérêts privés avec celui de l'état, seront des obstacles éternels à toute liberté, à toute amélioration sociale.

Ceux qui, par leur commerce ou la nature de leurs propriétés, ont le malheur d'être soumis à cet impôt, n'ont pas le droit de faire entrer du vin dans leurs caves ou d'en faire re sortir, sans être exposés à mille vexations. Qu'un tonneau coule, qu'on le change de place, qu'on en transvase le contenu, il faut, sous peine d'être mis à l'amende, avoir des permissions, des autorisations qui s'appellent acquits, congés, passavants, où toute autre chose que les employés ont dans des cartons, dans des registres à souche ou je ne sais quels grimoires dont le nom est fort indifférent, et jamais ils ne donnent ces permissions sans avoir soin de se les faire bien payer. Il est impossible de porter une bouteille de vin d'une cave dans une autre sans s'exposer à des procès-verbaux et à des confiscations. Ce sont, dans les maisons, des visites domiciliaires continuelles, et au dehors, aux portes des villes, dans les rues, sur les routes, le jour, la nuit, un espionnage plus avilissant encore pour ceux qui l'exercent que pour ceux qui en sont l'objet.

Cet impôt a été restauré par le premier consul. Il existait déjà dans toute la France avant la révolution, excepté dans le comté de Bourgogne, et avait été aboli par l'assemblée nationale; mais c'est un présent que Bonaparte a sans doute voulu faire aux Français, pour les récompenser de leur sagesse, le dix-huit brumaire, et les Français en étaient dignes. Un peuple qui fait des chansons quand on jette ses députés par les fenêtres, et qui célèbre par des fêtes l'avénement de la tyrannie, ne peut pas avoir le droit de se plaindre.

Le peuple a ces commis en horreur, et il leur a donné les sobriquets les plus ridicules. C'est celui de *rats de caves* qui a triomphé de ses concurrens, et ces rats sont innombrables. L'Éternel dans sa colère envoyait des nuées de sauterelles aux Égyptiens pour dévorer leurs moissons, et ce sont des rats que le consul dans son triomphe a lancés contre nos vendanges. Il avait passé par Montfaucon en revenant de la chasse, et on assure que c'est à son débotté que toutes ces idées lui ont traversé l'esprit.

Il est à remarquer que partout le produit des vignes et la valeur des vins ont éprouvé la plus grande diminution. C'est à un tel point, que les vignes sont aujourd'hui la plus mauvaise de toutes les propriétés, et l'impôt sur les boissons en est la seule cause. Quand le sol ne suffit plus aux besoins de ceux qui le cultivent, il est impossible qu'il soit bien cultivé, ce qui est une seconde cause de ruine et de misère. Un vigneron vivait autrefois avec la moitié du produit de deux hectares de vigne, et il pouvait économiser assez pour donner de petites dots à ses enfans et ne pas craindre la mendicité dans sa vieillesse. Il n'en est plus de même depuis longtemps; il faut que ce vigneron soit propriétaire, et son revenu ne peut même pas lui suffire. Aujourd'hui, le produit des vignes ayant encore diminué ainsi que la valeur du vin, il ne peut plus prendre de domestiques: c'est un soulagement qu'il ne peut plus se donner, et c'est à la sueur de son front, de celui de sa femme et de ses filles quand ses fils l'abandonnent, ce qui arrive presque toujours dans la détresse de la famille ou à l'époque du recrutement, qu'ils vivent tous d'eau, de racines et de pain noir.

L'impôt sur les boissons est contraire à l'égalité, par celle des droits à payer sans égard au prix et à la qualité du vin, de telle manière qu'il n'en coûte pas plus envers le fisc pour boire du vin de Bourgogne ou de Bordeaux que du vin de Surêne. Tout pour le riche, voilà le principe immuable. S'il en coûte un sou pour boire du vin de six francs, il en coûte tout autant pour boire du vin de quatre sous. Mais il est un fait consolant, et qui laisse quelque espoir, c'est qu'il est sans exemple que celui-ci serve jamais à porter des toasts à ceux qui règlent si bien nos affaires.

(5) J'attends des documens et des pièces authentiques pour parler d'une excommunication lancée par monseigneur l'évêque de Saint-Claude contre un curé de l'arrondissement de Dole; je me propose d'en publier les causes et de donner à cette égard des détails qui ne seront pas sans intérêt. L'ordre donné par l'évêque à la gendarmerie d'appuyer cette excomunication et de prêter main-forte à M. le grand vicaire de Montgaillard, chargé de la prononcer; l'ordre de jeter à la voirie le corps du curé s'il venait à mourir avant de s'être fait absoudre; la docilité d'un sous-préfet et d'un maire qui se prêtent à une pareille comédie; la métamorphose de deux gendarmes en familiers du Saint-Office et qui se laissent mettre en faction à la porte d'une église pendant que l'on excommunie le curé qui est dedans, toutes ces choses sont trop caractéristiques du temps et des lieux où elles se sont passées pour pouvoir être oubliées dans des écrits qui ont principalement pour objet des tableaux de mœurs.

(6) On assure qu'après Autun et Besançon, Dole est la ville de France où, jésuites compris, le clergé est le plus nombreux relativement à sa population.

(7) FOUILLOT ou FOUILLAUPOT, peu importe. Ce qu'il y a de certain, c'est qu'un jésuite de l'un de ces deux noms a fait à Dole beaucoup de conversions et de miracles qui sont loin d'avoir été en pure perte pour son couvent.

(8) Et moi non, je ne suis pas las ! Je débute pour ces coteries par des généralités et je continuerai par des personnalités. Je n'ai pas mission de vous corriger, hommes injustes et ridicules et surtout je ne m'en soucie guère; mais vous avez donné à tout l'univers le droit de se moquer de vous.

(9) J'ai fait part de ma manière de voir à cet égard aux hommes les plus versés dans la politique, dans le droit public et la science du gouvernement; et il n'en est pas un qui n'ait fini par être d'accord avec moi sur ce point, qu'il n'existe aucun moyen de s'opposer à ce que les plus grandes fortunes foncières ou autres soient avant un demi-siècle divisées en si petites parcelles, que leurs possesseurs ne pourront vivre que par un travail lucratif et assidu. Je m'expliquerai à cet égard.

(10) Je demande mille pardons à mes lecteurs de toutes ces particularités, mais qu'ils aient la bonté de se mettre un instant à ma place. Il y a trente-deux ans que j'habite cette ville, et je demande si Jésus-Christ sur la croix ou saint Laurent sur le gril auraient si facilement oublié leur position. Celle où les habitans de Dole cherchent à placer quiconque n'a pas reçu de la nature l'intelligence d'un cétacé, la souplesse d'un reptile et l'âme d'un esclave, doit être signalée ainsi que le machiavélisme des moyens qu'ils employent pour y parvenir. Cela sera fait dans des écrits qui, pour n'être purement personnels, n'en seront pas moins de quelque intérêt public par les trames infernales dont j'ai été victime, et ma famille entière, de la part de certains corps qui par principe égorgent comme le tigre ce qu'ils ne peuvent dévorer.

(11) Mais à quoi peuvent aboutir ces sermons, ces harangues mystérieuses que les jésuites proposent toujours aux deux sexes? Pourquoi les séparer dans le temple même du créateur qui les a faits inséparables, et quels

secrets peuvent avoir à dire aux dames, ces moines ambulans qui depuis quelques temps circulent dans notre province et dans toute la France? Quel inconvénient peuvent-ils apercevoir à ce qu'un père entende ce qu'un prédicateur enseigne à sa fille et les discours qu'il tient à sa femme? On ne peut faire ici que des conjectures. Cependant ce n'en est pas une que de supposer que les bons pères ont leurs raisons. Mais quelles sont ces raisons? Est-ce de leurs devoirs spirituels ou temporels, qu'ils veulent entretenir séparément les deux sexes? Mais ces devoirs sont pour eux les mêmes; jamais on n'a prétendu que Dieu voulût être adoré par les maris autrement que par leurs femmes, et par des enfans du sexe masculin ou féminin autrement que par leurs pères et leurs mères. Les lois, la société imposent à tous les mêmes obligations; ces obligations, chacun les connaît; et si elles étaient ignorées de quelques-uns, pourquoi tant de mystère dans leur enseignement? de quel inconvénient en serait la publicité?

Tout ce que l'on dissimule au public, à des généralités, est au moins très-suspect; et un jésuite étranger vient dans un de ses sermons de proposer aux habitans de Dole cette séparation dont il n'a pas même essayé de donner le moindre prétexte!

Quels sont donc les motifs de ces messieurs? Les motifs de ces messieurs!.,, Je puis me tromper, mais je crois que les voici:

Bien pénétrés de cette vérité qu'*il faut toujours que ces dames commandent*, qu'elles ont beaucoup plus besoin de domination que de paix et de repos, qu'avec leur volonté immuable, des nerfs, des larmes et des appas, la fable de la chute d'Hercule aux pieds d'Omphale devient l'histoire de tous les maris, ils veulent ériger les femmes en missionnaires adjoints qui convertissent le plus grand nombre possible de ces maris à un principe opposé à celui du gouvernement de la France.

Puis tout à l'heure voilà qu'on va leur prédire l'abomination de la désolation dans le lieu saint, la chute des autels, la conversion des juifs, la fin du monde; on leur dira d'une voix lamentable que déjà le père ,.,.,.,de Dole vient d'importer l'année dernière la flambeau de la foi dans le royaume de Maduré, qu'il n'y a plus qu'un petit coin de la terre où l'évangile n'ait pas été prêché, que les temps vont s'accomplir, le grand juge paraître, l'enfer s'ouvrir et le diable tout emporter. Puis viendront les allusions et les comparaisons: Nabuchodonosor, l'antechrist, le messie, (on sait ce que tout cela veut dire) et pour la clôture une belle et bonne excommunication de ménage contre ceux de ces messieurs qui se feraient prier pour le reconnaître.

Si j'ai deviné, ces prédications secrètes et sexuelles sont une conspiration; et si je me trompe, elles sont la plus horrible des immoralités et une tentative de corruption. Que peuvent donc avoir à dire ces étrangers à nos femmes, à nos filles, à nos sœurs, que leurs frères, leurs pères et leurs époux n'aient pas le droit d'entendre? Pas le droit d'entendre! ce qu'ils ont, eux, celui de prononcer.... *Proh pudor !*

(12) On aurait le plus grand tort de supposer que ce soit par modération, par esprit d'économie, que l'on joue si petit jeu dans les réunions de l'ancienne noblesse. C'est uniquement pour ne pas imiter celle de l'empire, les banquiers, les industriels, en un mot les prrvenus. Cependant quelquefois les vanités transigent : celle des castes surtout fléchit souvent devant celle de l'or et des billets de banque, dont elle a besoin. Il arrive aussi que tel chevalier de Saint-Louis qui n'a pour tout bien que ses huit cents francs de retraite ou d'indemnité qu'il a touchés la veille, en emprunte le double pour aller le lendemain perdre le tout dans quelqu'une de ces fêtes officielles et périodiques, de généraux, de préfets, toujours précédées d'invitations en masse, et où sans respect pour le blason, se confondent la noblesse et le tiers état, et même beaucoup déducations, tout étonnées de se trouver de la même contredanse ou de la même bouillotte.

Les anciens preux détestent un peu trop leurs vainqueurs pour consentir avec eux à la plus légère similitude. Que dans les grandes villes le commerce change de mœurs sous ce rapport et renonce à jouer gros jeu, vous verrez tout l'ancien régime jouer des jeux d'ambassadeur; et dans l'impossibilité de jamais réparer aucune perte, la vieille aristocratie, qui ne sera pas prodigieusement riche, sera ruinée dans dix ans.

* (13) Il serait bien digne de la pensée du grand roi qui nous gouverne, d'élever à la mémoire de ce prince un marbre monumental, sur lequel serait gravée l'histoire de ses bienfaits, de ses vertus, de ses malheurs et de sa mort. La maison de Condé fut féconde en héros, ce nom est cher à la France; les derniers fils du vainqueur de Rocroy sont loin d'avoir vécu sans gloire, et la postérité demande pour eux, à la génération présente, un monument national. Aux pieds de ce monument je placerais la baronne de Feuchères, éplorée; on verrait autour les statues en deuil de tous les princes de la maison d'Orléans; et chaque année ce mausolée deviendrait un autel ou un ministre de la religion célébrerait à minuit, avec toutes les pompes de la catholicité, l'effroyable anniversaires.

Cette pensée ne s'accomplira point, et d'ailleurs je n'ai pas mission d'apprendre aux rois ce qu'ils ont à faire; ils le savent mieux que l'on ne pourrait le leur dire. Ils savent surtout ce qu'ils auraient pu éviter et ce qu'ils pourraient éviter encore; mais mon idée n'en restera pas moins aussi expressive et tout aussi claire que les hiéroglyphes gravés, il y a trois mille deux cents ans, de la royale main du grand Sésostris sur le monolithe dont son successeur Ibrahim nous a fait don, moyennant six millons de frais de délivrance.

LA SUITE AVANT PEU.

ERRATA.

Page 9, *ligne* 27, *au lieu de* réveil, *lisez* sommeil.
Page 12, *ligne* 1re, *supprimez le mot* et.
Page 13, *ligne* 24, *supprimez le mot* si.
Page 16, *ligne* 6, *supprimez le mot* jamais.
Page 18, *lignes* 6 et 7, *au lieu de* sentiment, *lisez* sentimens.
Page 28, *ligne* 28, *au lieu de* innocentes, *lisez* innocens.

9 782014 05983